small
HOMES
小型住宅

LOFT Publications

陕西师范大学出版社

ZITO 迷你建筑设计丛书

这套丛书对近期出现的优秀建筑作品作了一次全面的总结。它将现代流行的商用及居住空间分为10个大类，在结合各类空间特性的基础上，对每一设计详加评述和分析。该丛书不仅涉猎甚广，更真实反映了国际流行的设计思潮，展现了最具诱惑力的设计语言。

由于近几年来社会的变化，人们对住房的要求也大大增加了。找房子可能是一项很繁琐的工作，而不动产投资往往也使得房屋价格升高，居住空间相对减少。

　　为了提供上述问题的解决方法，本书选择了一些面积较小的房间——工作室和阁楼的设计。它们面积都在100平方米以下，但专业化的设计营造了宽敞舒适的环境。

　　本书所选择的15个住宅设计方案，为空间不足所带来的问题提供了切实可行的解决方法。在种种解决方案中，我们特别需要提到：建立在轮子上的隔断可以提供各种方式的空间分配；折叠桌可以占用较小的空间，并可以满足多人同时进餐的需要；用垂直空间修建阁楼，增加储藏空间；巧妙的运用隐蔽的空间和缝隙放置架子、柜橱、壁橱等。总之，本书包含了大量实用有效的设计方法。

悉尼公寓 Apartment in Sideney

设计：威廉姆·斯马特设计所 William Smart Architects
摄影：© 吉恩·雷蒙德·罗斯 Gene Raymond Ross   地点：澳大利亚悉尼

该公寓使用透明材质，使室内外景色交相辉映。

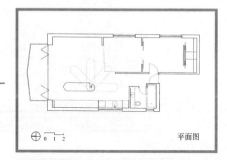

平面图

该公寓位于澳洲著名的柏利海滩，其规划和设计围绕着餐厅展开，餐桌可以旋转180度以放置在不同的功能区内。一根不锈钢的柱子取代了原来的墙面，并支撑着长约3米，约100公斤重的玻璃桌面。玻璃桌面可以围绕着柱子进行180度旋转，放置在不同的区域内。可旋转的桌面不仅保证了每一空间的独立性，同时又保证这些空间可以轻松快速地实现开放。

房间采用了蓝色树脂推拉式半透明玻璃门，使人们在床上也可以看到美丽的海景。可遥控的电视投影机可以挡住光线，以便在夜晚保持房间内适宜的暗度。

该公寓所选装饰材料的亮度和透明度各不相同，以突出视觉上的变化。由于使用了透明的材料,海天的色彩可以映射到房间内部。

阁楼改造 Remodeling of an Attic Flat

设计：纪雷默·阿里亚斯 Guillermo Arias
摄影：© 埃德劳·康瑟格 Eduardo Consuegra、帕尔博·罗杰斯 Pablo Rojas   地点：哥伦比亚波哥大

这一作品表现了现代的建筑语言，却使人回想起历史的村舍风情。

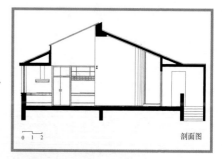

0 1 2   剖面图

该公寓坐落在波哥大一座大楼内，该大楼修建于 1930 年。原装修把公寓分成许多房间，设计师打通了各个空间，以营造更宽敞的空间效果。主卧室的阳台在以前装修时已经被拆除，但为了获得更好的观景效果，设计师决定重修主卧室的阳台。在主卧室另一面墙上，设计师设计了纵向的窗户，为房间后部提供良好的采光。最后，其中一个房间的屋顶被拆分，形成室内天井，从而将卧室和周围房间隔开。

变化各异的建筑元素将公寓的各个区域区别开来，并使其各具特色。设计者用一个双面开敞、中有烟囱的空间将厨房和起居室分开；一排圆柱成为一个大的木质书架的基本框架，分隔了公共区域和私人区域；原来两个小浴室被合并成一个较大的盥洗室，并放置了壁橱。此外，家具和灯饰是由设计者亲自设计的，和居室整体协调一致。

米兰的顶层公寓 Attic Flat in Milan

设计：马可·萨沃里雷 *Marco Savorelli*
摄影：©马托奥·匹萨 *Matteo Piazza*　　地点：意大利米兰

虽然该公寓有它的实用特点，但其设计还是有许多争议之处。

平面图

该设计对米兰历史中心的阁楼间进行重新设计。90平方米的阁楼被改造成为一个精致高雅、具有现代感的空间。设计者废弃了阁楼的原设计，选择了新的手法，即不采用任何门或隔断，以形成完整统一的空间。该公寓设计采用一色的暗色木质地板，进一步突出整体效果。地板的色调与墙面、斜屋顶的干净洁白形成对比。

该公寓由房主和设计师一起设计。他们在设计中采用了抽象的概念，使修建能够顺利地进行。实用、简单、新颖的形式取代了老式结构。他们的设计充分考虑到过分倾斜的屋顶，在居室的中央，房屋高度达到最大的区域设置主轴线。放松和休闲的空间就在主轴线附近。功能区域，如浴室、厨房、壁橱等采取整体设计。这些设施采用了最简单的外形，以塑料工艺品的形式达到开拓空间的目的。

本设计的特点是塑造一系列模糊分割空间，门厅可作为起居室，卧室则与浴室厨房相连。

巴塞罗那的住宅 Home in Barcelona

设计：克里斯汀那·阿格莱斯 Cristina Aglas、帕雀克尔·马特尼斯 Patricio Martinez
摄影：© J.路易斯·郝斯曼 J. Luis Hausmann　　地点：西班牙巴塞罗那

本设计主要采用中性色调，白色的墙，浅色地板，简单、舒适而实用。

通常，小型住宅只有惟一的自然光源，不是来自房屋的正面就是房屋的背面。该居室最初只有一个正面的房间可以接受直射的自然光，而其他的房间在一天中的绝大部分时间里都很阴暗。为了解决这一问题，设计师决定在不改变承重墙的前提下，拆除所有的分割墙。这样，就形成了一个L形的房间，包括客厅、厨房和餐厅。

设计师采用的分割方式有这样一个特点，从厨房可以看到客厅，但是从客厅却看不到厨房。通向卧室的走廊和整个公寓的面积相比，显得相当宽广，这使得自然光也可以进入卧室，门厅等位于背面的房间。

衣橱采用一体式，沿着卧室的一侧放置。浴室位于床的前面，也就是大厅的另一侧。拉开浴室的推拉门，就可以使卧室得到延伸。

厨房里有一套很实用的多功能家具，可以作为一个特殊的台面，也可以用来吃早餐或便餐。厨房柜橱的旁边有一组通顶的书柜，用来摆放书籍、相框和其他装饰品相当便利，并且进一步增强了居室的装饰效果。

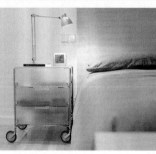

极繁主义公寓 Maximalist Apartment

设计：马罗·波利萨里 *Mauro Pelizzari*

摄影：© J. 路易斯·郝斯曼 *J. Luis Hausmann*　　地点：西班牙巴塞罗那

在这个有限的空间里，异国情调和现代艺术达到了完美的平衡。

　　这所公寓的设计是对其所在环境品质及其多元化特质的反映。巴塞罗那的哥特式建筑区域中外观、文化和情感的相互结合，正是该公寓多元化设计的灵感源泉。

　　由于该公寓的屋顶相当高，设计师选择修建了中间楼层，以充分利用现有的空间优势。在门廊处可尽收眼底的18世纪木椽、大镜子和悬挂的玻璃灯，使门廊的空间更显高耸。一条短小的走廊通往客厅、餐厅和厨房。客厅采用波希米亚风格，照明方式在结构和色彩方面形成了许多变化。在客厅前部，有一个细长桌子，两边配以红色天鹅绒坐垫的长椅，符合现代格调。客厅内还设置了具有工业气息的不锈钢化厨房，上方挂有一个管道式的抽油烟机。

　　宽大的红色窗帘把厨房和居室的其他区域分开。金属楼梯通向较高的楼层。这一楼层有一个休息区，左边是一个温馨的卧室，头顶的房椽可以一览无遗。多元化的特色设计产生了戏剧性的效果，既不显得过分夸张也毫无突兀之感。

伦敦阁楼 Loft in London

设计: A&M设计公司　摄影: ©艾伦·威廉姆斯 Alan Williams　地点: 英国伦敦

简单、实用和低成本是这一典雅明亮的现代居室的基本特点。

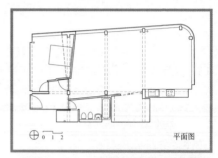

平面图

该公寓位于20世纪30年代修建的一座办公楼的顶层，主体为混凝土结构。设计师用双层玻璃窗取代了原有的窗子，并且重新进行了空间分割，但他没有改变原有的结构和承重柱子。

该设计由卧室和客厅构成，其中客厅部分还包括了工作室、厨房和卫生间。原有的通道对其他空间的干扰已经降至最小，因此设计师决定保留它们，并且继续保持其未经装潢的混凝土形式。设计师利用横梁和柱子构筑了一面墙，以突显其中的空间。玻璃、镜子等元素，或垂直或水平地放置在各个墙面上，获得了相对的独立性。

卧室和浴室的设计很实用。厨房位于生活区的一端，紧靠餐桌。整个空间的照明由安装在墙上的半封闭式灯具提供，房间的色调由几点红色点缀: 长茎花、红色天鹅绒坐垫以及一些玻璃饰品，强调了居室的温暖与奢华。其余的空间，包括桌子在内，全部采用白色。考虑到白色对于一些人会显得有点冷，设计师在明亮的象牙色地板下面还安装了供暖系统。

顶楼公寓的改建 Rehabilitation of an Attic Apartment

设计：托马斯·德·克鲁斯设计所 *Thomas de Cruz Architects*
摄影：©尼克·菲博德格 *Nick Phibedge*　　地点：英国伦敦

该顶层公寓拥有充足的自然光，有梦幻般的感觉。

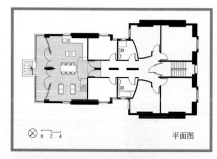

平面图

该公寓的顶棚很高，于是设计师利用这部分空间设计了一个小型工作室。人形屋顶内侧贴有木板，窗户和阳光打破了其连续性。公寓的重要区域（客厅，厨房，卧室和起居室）采用木质地板。客厅在房间的中央，厨房在左侧，紧靠公寓一侧的墙壁。两个黑色皮面、金属构架的沙发面对面摆放，中间是一张茶色木桌。

厨房柜橱几乎顶到屋顶，凡是你想得到的厨房用具都可以放在这里。橱柜顶部设置了一个平面的照明区，可为工作间提供不同亮度的照明。独立的刷有红色油漆的移动木架成为这一区域的焦点，对应天花板的最高处，设计师设计了一个夹层楼面，采用不锈钢结构，一端有楼梯与底层相连。主立面的墙壁由小玻璃方格构成，使阳光可以通过玻璃照入屋子。

内布拉斯加住宅 Residence in Nebraska

设计：兰迪·布朗建筑工作室 *Randy Brown Architects*
摄影：© 法希德·阿萨斯 *Farshid Assassi* 　地点：美国内布拉斯加

木材、钢材和玻璃是该住宅隔板和其他家具的主要材料。

该住宅是对选材和空间组织的一种实践。其划分采用L型，以产生连续感，其间散布着封闭空间，但起居室较为开放，便于浏览花园的景色。

客厅位于L型较短的一端，两个柱子和两面承重墙将厨房、餐厅与客厅分隔开。淡棕色木质架子靠在墙上，又把厨房和工作室分开。在L型的长端，玻璃餐桌前，玻璃搁板用金属线悬挂在半透明的橱柜上方。

壁炉上部的边线采用亚光不锈钢装饰，上面配以木质架子。横向和纵向的线条点缀了这一构造简单的公寓，材料的选择使它富有现代都市气息。

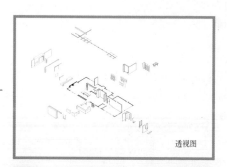

透视图

迈阿密公寓 Apartment in Miami

设计：奥尼尔·埃斯佩尼尔与劳尔·弗朗特工作室 O'Neiell Espinal + Raul Frontal
摄影：©派帕·埃斯克达 Pep Escoda　地点：美国迈阿密

> 宽敞而简单，这一阿拉伯式怀古住宅，是休闲和放松的绝佳之所。

在这个公寓中，设计师试图营造出现代化的结构和外观，同时使它们带有微妙的阿拉伯风格。该公寓位于20世纪60年代的一座大厦内，该大楼曾于20年后改建。该设计营造了一个安静而轻松的二人空间。

为了保证舒适，并且尽量获取最大的空间感，该设计采用尽可能少的家具。客厅内的白色沙发与暗色的木质地板和桌子形成对比。设计师把一面墙刷成橘黄色，并把其他的墙刷成白色，以表现通过阳台及玻璃窗透射进来的光照效果。

墙壁的一侧装饰有蛇形的搁物架，在另一面墙壁上，一些长长的竹竿从房顶悬垂下来。白色的卧室显得很简洁，浴室则位于相对隐蔽的空间。

佛罗里达工作室 Studio in Florida

设计：帕尔博·乌里波 Pablo Uribe
摄影：© 派帕·埃斯克达 Pep Escoda　地点：美国迈阿密

该设计的特点使其成为单身生活的理想居所。

这一小型工作室为其设计师所有，其清新、富有朝气的设计中包括卧室、厨房、浴室和一间工作室。白色色调的运用和巧妙的空间划分使该居室毫无局促和突兀之感。与大多单身居住空间把卧室转换为起居室的设计风格相比，该公寓的设计者采用了一张配有更大尺寸床架的大床，超出的部分可以做为书架或摆放其他物品。同时，这一多用途的空间还为客人提供了一个休息的场所。此外，通过在床侧扶手旁放置垫子，使得该空间达到休息、阅读两者皆宜的目的。

实用美观的座椅设计增强了该空间的现代气息。一面隔断和低拱门遮蔽了厨房，使之与卧室分开。

厨房用具被挂在墙上，尽可能避开从卧室方向传来的视线。冰箱是一个小巧独立的不锈钢柜，视觉影响被减至最少。隔断边有一小块工作区域，其中包括一张小桌子、一组抽屉和一把透明的塑料椅子。浴室紧临门口旁边的走廊，使用了绿色瓷砖。

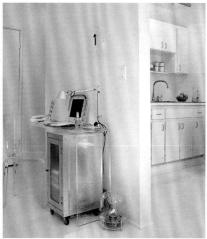

芝加哥阁楼 Attic Flat in Chicage

设计: 巴莱里尔·德旺特培训中心 *Valerio Dewalt Train Associates*
摄影: © 芭芭拉·卡拉恩特 *Barbara Karant* 地点: 美国芝加哥

木材和金属两种不同质感的空间, 决定该公寓具有整齐匀称的内部风格。

这一位于芝加哥密歇根大街的豪华居室占据了大厦的58层和59层。该跨层公寓被分成两个整齐而实用的空间, 每一空间的设计都结合了一种特殊的材料: 第一层空间采用金属, 而第二层空间使用木材。

由铝合金材料装饰的下部空间由一系列直线构成, 它们与城市以及摩天大楼的笔直线条形成"十字型"交叉。日常起居, 如睡觉、盥洗、烹饪、储藏等活动所需的空间, 就处于这些具有抽象美感的墙壁之中。

通向第二层的楼梯的色调非常浅, 以至于在视觉上几乎可被忽略。工作室紧靠着一面无形伸入整体空间的金属墙面, 墙面的另一侧是卧室和浴室。该设计的要点之一是尽量减少材质的表现力。金属墙面相当的精致, 支柱是临时性的, 纯灰浆取代了造型石膏, 其余均采用塑料制品。该居室基于简约和替换的原则, 组成了一个透明的空间。就概念和形式而言, 它是一件抽象的作品。

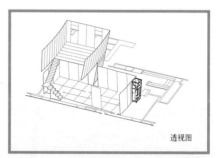

透视图

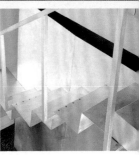

纽约公寓 Apartment in New York

设计：亚瑟·德·马托思·卡萨斯 Arthur de Mattos Casas
摄影：©图卡·莱因斯 Tuca Reines   地点：美国纽约

该公寓为这位巴西籍设计师提供了一个实用、舒适、愉悦的环境。

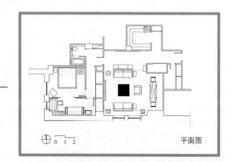

平面图

该公寓位于美国纽约，是设计师亚瑟的家。当他不在巴西工作时，就住在这里。

这间居室实用性很强，包括与餐厅相连的客厅、卧室、浴室、厨房和一间工作室。客厅和餐厅占据了主要的空间，它们彼此相连，也可由推拉门隔开。余下的空间里放置了一个靠窗的桌子和一张沙发床，这里也可以被视为一间客房。

受设计师民族情感的影响，该空间最常用的颜色是红色，设计师把红色和中性色调，如米色或灰色相结合。位于客厅墙上的一面大镜子突出了空间的宽阔感。在另外一面，他放置了一张黑色桌子，并配以一副巨大的抽象绘画，同样起到延长空间的作用。卧室阳光充足，采用暖色调加以装饰。架子和桌子的设计解决了空间不足的问题。大部分的饰品，都是由设计师自己设计并在巴西制造的，譬如客厅中的手织地毯。

巴黎住宅 Residence in Paris

设计：克里斯托芬·匹埃特 Christophe Pillet
摄影：© 吉恩·弗朗科思·饶斯德 Jean Francois, Jaussaud　　地点：法国巴黎

建筑师高超的设计表明，他在应对先前存在的因素和项目要求方面游刃有余。

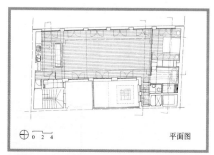

平面图

习惯所趋，克里斯托芬·匹埃特，这位享有盛誉的设计师再一次展示了他最大程度利用有限空间的技巧。该设计把一个曾经作为办公室的空间改建成居室。由于有很多窗子，因此居室的采光相当充足。设计师决定充分利用这一优势，以弥补空间的不足。

在小型居室的设计中，所有的空间和角落都需要具有多功能性，可以居住，也可以用于其他的功能，这样它们才能得以合理地存在。因此，设计师决定拆除所有通道，当房间彼此相邻时它们显得相当多余。此外，设计师还拆除了所有的分隔墙，只保留浴室的墙壁和卧室处的推拉门，以保证其空间的私密性。

厨房位于门口，由两组相对的柜子构成，其中一组柜子被嵌入墙体，放置全部厨房用具。餐厅和客厅占据了巨大的长方形空间，而卧室和浴室则位于另一侧。房间正面墙体留出了安放窗子和其他装置的空间，可不受结构上的任何限制。

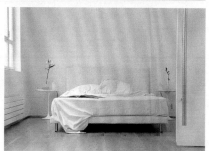

房间里摆放了一些装饰物，为统一的环境增添了几分色彩。部分家具由设计师匹埃特亲自设计。

科鲁尼亚阁楼 Loft in A Coruña

设计：艾瑟罗·阿克特克罗斯 Aecero Arquitectos
摄影：© 胡安·罗德瑞圭荚 Juan Rodriguez   地点：西班牙拉科鲁尼亚 Coruña

这一巧妙的设计通过变换地板的高度、地面及屋顶装饰材料来区分不同的家居空间。

平面图

该设计的主要意图是将这一顶层公寓变成充满阳光的居室。为了达到这一目的，设计师取消了原有的隔断和木制工艺品，使得充裕的光线条件和美丽街景得以在这一设计中重新体现出来。

他们利用了原有的夹层楼面，但是稍稍改动了夹层楼梯部分的边界线。他们又拆除了门廊，以减少入口的压抑感。此外，他们还用对角撑取代了房间内的支柱，使强烈的失重感进一步增强。

该设计尽可能地减少了室内的封闭空间。设计师试图将厨房、餐厅和客厅连接在一起，并充分利用其他的剩余空间来放置壁橱和橱柜。门口有一个橱柜，另一个小空间用来放置厨具和餐具，一小块空间放置衣箱，还有一小块空间放置洗衣机、干燥机及清洗设备。

靠墙修建的楼梯直通阁楼，阁楼的空间包括了卧室、浴室和更衣室。

整个设计所采用的朴素原则，在最终的装饰效果中体现得相当明显。除了浴室所采用的玻璃以外，其余的墙壁、屋顶和地板均为白色。从相框到扶手椅的所有家具的设计也采用了同一风格。特别值得一提的是丰富的厨房家具，所有的厨房用具形成一个完整系列，洗涤池的设计也不例外。

格雷西亚工作室 Studio in Gràcia

设计：西蒙·匹埃特与罗布·迪布瓦建筑工作室 Simon Platt & Rob Dubois
摄影：© 尤金妮·庞斯 Eugeni Pons 地点：西班牙巴塞罗那

> 两道主梁营造了相互影响的角落，加强了空间的透视感，同时使空间的平面得到丰富。

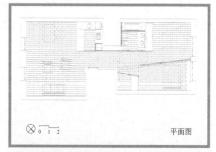

平面图

设计师之一同时也是居室主人的西蒙·匹埃特的主要目的是使这一房间继续保留拥有巴塞罗那美丽广场景色的窗景。这个公寓曾经是一个画家的工作室。

原有的粗糙的凝灰岩地板和微微拱起的屋顶与这一狭长矩形居室的格调相一致。空间划分是围绕着位于居室中央区域进行的。这种设计有助于巧妙地利用所有空间优势，以实现一些家居功能：比如形成朝着餐厅敞开的厨房以及客厅，放置带有经过酸理玻璃门的架子，留出浴室以及主卧室衣柜的空间，这样的处理使得客厅和卧室拥有较大空间和较宽阔的空间感受。

从客厅和餐厅的阳台可以看到整个广场的全景。一组柜子把厨房和客厅、餐厅分割开。在工作室的另外一面是主卧室，可以看到城市中心的花园。主卧室可以向所有空间敞开，或者通过挂在房梁的推拉门与其他区域分开。如果需要，类似的门还可以分割出一间办公室或卧室。因此，该居室既可以被视为独立的精美空间，也可转换成一个拥有3个卧室的居室。

ZITO 双子座丛书

这套"双子座"建筑艺术丛书极其注重内容上的对比性，揭示了艺术领域中许多对立而又相互依托的有趣现象。它既讨论了建筑界各种设计风格之间的比较，也分析了建筑界与跨领域学科之间的联系与对比。它们全新的视角尤其值得注意，在著名建筑师与画家之间展开了别开生面的比较，以3个部分进行阐述，建筑师和画家各自生平简介以及主要作品的赏析各占一个部分，第三个部分则是对两位艺术家所创作的艺术形象及其艺术理念的比较。每册定价38元。

极繁主义建筑设计

极简主义建筑设计

瓦格纳与克里姆特

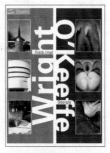

赖特与欧姬芙

米罗与塞尔特

达利与高迪

里特维尔德与蒙特利安

格罗皮乌斯与凯利